AF369194

Feria de los Corazones

Pie de imprenta

Título del libro:
Feria de los Corazones

Subtítulo:
Cuento de amor cursi en un parque de atracciones.

Serie:
Encuentros románticos en un parque de atracciones.

Notas KI:
Historia de IA iniciada y revisada por el autor.
Traducida del alemán al español por una IA.

Autor:
Ulrich Germania © 2025

Editor:
BoD · Books on Demand GmbH,
Überseering 33, 22297 Hamburg, bod@bod.de

Impresión:
Libri Plureos GmbH
Friedensallee 273, 22763 Hamburg

ISBN: 978-3-8192-6343-9

Índice

Notas:

Créditos fotográficos:
Las imágenes de la portada y las ilustraciones del libro
se generaron mediante IA y se modificaron con
programas de manipulación fotográfica.

IA y Traducción:
Historia de IA iniciada y revisada por el autor.
Fue traducida del alemán al español por una IA
y otra IA hizo lectura de pruebas.

E-mail del autor:
Ulrich.Germania@online.de

El parque de atracciones

Las luces de la feria brillaban en la noche, transformando el parque en un mar de colores. Hileras de luces de colores se extendían como guirnaldas entre las atracciones, mientras la música de las atracciones llenaba el aire con una mezcla de pop y voces emocionadas.

Había gente por todas partes: familias con niños, grupos de adolescentes y parejas de todas las edades. Todos habían venido para escapar de la rutina y sumergirse en la magia del parque.

La noria giraba majestuosamente al borde de la plaza, ofreciendo a los pasajeros una vista impresionante del parque iluminado. A su lado, las sillas voladoras hacían girar a sus pasajeros, entre gritos de entusiasmo. Los coches de choque, rodeados de luces de neón parpadeantes, eran un imán para los jóvenes, que se perseguían unos a otros en los coloridos vehículos.

Los puestos se alineaban entre las atracciones:

Los puestos de tiro al blanco atraían a los visitantes con premios de peluche y las tómbolas prometían grandes premios. El aroma de las almendras tostadas, las palomitas frescas y las salchichas picantes flotaba tentadoramente por el recinto, mientras las patatas fritas se freían en aceite y las chuletas se hacían a la parrilla en los puestos de comida.

El ambiente era electrizante. Las risas y la música se mezclaban en un alegre crescendo mientras los visitantes pasaban de una atracción a otra. Cada rincón de la feria prometía una nueva aventura, una nueva oportunidad de diversión y emoción.

A medida que avanzaba la noche, la feria parecía cobrar vida. Las luces brillaban más, la música subía de volumen y la energía de la multitud palpitaba como un latido vivo por los pasillos entre las atracciones. Era un mundo en sí mismo, un oasis de alegría y diversión que cautivaba a todos los visitantes y prometía la magia de la diversión sin fin.

Lisa y Ana

El sábado por la noche, Lisa y Ana estaban sentadas en el apartamento que compartían en el centro de la ciudad.

Lisa, una diseñadora gráfica de 25 años con el pelo largo y rubio, y aficionada a los pendientes llamativos, hojeaba una revista sin mucho interés. Ana, una enfermera de 24 años, estaba tumbada en el sofá revisando su celular.

"No quiero volver a ver Netflix este sábado", gimió Lisa y tiró la revista a un lado. "¡Tenemos que hacer algo!"

Ana levanta la vista de su celular. "Sí, yo también me aburro. ¿Tienes alguna idea mejor que ir a los bares de siempre?"

En ese momento, el celular de Lisa vibró. Abrió el mensaje y se le iluminaron los ojos.

"¡Ana, lo tengo! En la agenda de eventos a la que estoy suscrita pone que hoy hay una feria en la ciudad. ¡Vamos!"

Ana se incorporó con interés.

"¿Parque de atracciones? Eso suena divertido. Hace siglos que no voy a una feria así."

"¡Exacto!", exclamó Lisa con entusiasmo. "Algodón de azúcar, autos de choque, tal vez incluso un paseo en la noria. Eso sería algo diferente."

Las dos amigas se levantaron de un salto y empezaron a prepararse. Lisa eligió su minifalda favorita y un top escaso, y Ana dijo: "Buena idea, yo también me pondré algo parecido."

"¿No os parece demasiado sexy?", preguntó Ana mientras las chicas se miraban en el gran espejo.

"Quién sabe", dijo Lisa con una sonrisa pícara mientras se peinaba, "quizá conozcamos a algún chico majo."

Ana se rió. "¿En el parque de atracciones? Eso sería como una novela romántica cursi."

"A veces la vida escribe las mejores historias", respondió Lisa y le guiñó un ojo a su amiga.

Las dos amigas se pusieron en marcha con gran expectación. El tranvía se detuvo justo delante del recinto ferial. Cuando bajaron, enseguida oyeron la música, vieron a mucha gente y el olor a palomitas y las luces de colores les pusieron de buen humor.

Lisa y Ana estaban preparadas para una noche de aventuras y, quién sabe, tal vez incluso una sorpresa que cambiaría sus vidas.

Marco y Lucas

Marco y Lucas estaban sentados en el piso de Marco aquel sábado por la noche. El arquitecto, de 28 años, estaba tumbado en el sofá mientras su mejor amigo Lucas, de 27 años e ingeniero eléctrico, abría una botella de cerveza.

"Tío, ¿qué hacemos hoy?", preguntó Lucas y bebió un gran trago.

Marco se encogió de hombros. "Ni idea. ¿De vuelta al barrio estudiantil con todos los pubs y estudiantes?"

En ese momento, el celular de Lucas parpadeó. Era un mensaje de su calendario de eventos suscrito: "¡El parque de atracciones de verano empieza hoy!".

"¡Marco, vamos al parque de atracciones!", gritó Lucas con entusiasmo. "Seguro que allí veremos chicas guapas".

Marco enarcó una ceja. "¿Un parque de atracciones? Qué anticuado".

"Ir al pub también es de la vieja escuela. Un parque de atracciones es lo mejor", contestó Lucas. "Coches de choque, noria, buen ambiente. Ahí es donde conoces a las mujeres".

Tras una breve vacilación, Marco aceptó.

"Es verano. Vaqueros y una camiseta, eso es todo lo que necesitas llevar. Podemos empezar ahora mismo".

Marco se puso rápidamente gomina en el pelo, mientras Lucas se calzaba sus modernas zapatillas y esperaba en la puerta.

La expectación crecía. Los dos amigos estaban listos para una aventura en el parque de atracciones, sin sospechar que esta noche sería mejor que de costumbre.

Con los coches de choque

El parque de atracciones rebosaba energía. Las luces de colores brillaban, la música sonaba a todo volumen y los coches de choque eran el centro neurálgico del flirteo y la acción.

Marco y Lucas acababan de comprar fichas cuando Lucas vio a dos chicas.

"Tío, ahí hay dos cachondas", susurró, señalando con la cabeza en dirección a Lisa y Ana, que estaban tomando asiento en un coche de choque.

Las chicas pusieron el coche eléctrico en posición y esperaron a que arrancara. Lisa, con su revelador top, se sentó al volante y miró fijamente a los jóvenes que acababan de subir a un coche. Ana se dio cuenta, se rió y le guiñó un ojo a su amiga.

"Comienza la caza", gritó Marco.

La primera colisión fue intencionada: Marco embistió deliberadamente contra el coche de las chicas.

"¡Así que quieres jugar!" gritó Lisa y se rió a carcajadas.

Lisa contraatacó de inmediato, giró en una curva perfecta y volvió a embestir. Lucas saludó a Ana, que le devolvió el saludo, mientras Lisa y Marco tenían que concentrarse en conducir.

Se desató una persecución salvaje. Los coches iban de un lado a otro, chocaban, se desviaban. Chicas gritando, música a todo volumen, luces intermitentes: la banda sonora perfecta para este momento.

Tras el corto trayecto, todos se quedaron sin aliento de la risa. Sentían la adrenalina y la pura alegría de vivir.

Al salir de los coches, los chicos se acercaron a las chicas y Marco se limitó a preguntar:

"¿Os apetece un helado?"

"¡Claro!", respondieron Lisa y Ana al mismo tiempo.

El flirteo había comenzado.

Helados y primeras charlas

Los cuatro se dirigieron a un puesto de helados, todavía con la adrenalina de los coches de choque a tope.

"Soy Marco", dijo, sonriendo a Lisa. "Y este es mi compañero Lucas".

"Lisa", respondió con ojos chispeantes y presentó a su amiga: "Y ésta es Ana".

Pidieron helado. Lisa pidió de fresa, Marco de chocolate, Ana de vainilla y Lucas se atrevió con el de sandía con menta.

"Gran habilidad al volante", elogió Lucas y dio un codazo en el brazo a Ana.

"Tú también estuviste bastante bien", respondió riendo.

Encontraron un banco con vistas a la noria. La conversación fluyó con facilidad.

"¿A qué te dedicas?", preguntó Marco.

Lisa habló de su trabajo como diseñadora gráfica y Ana le dijo: "Espero que nunca me veas en el trabajo. Soy enfermera y no quiero verte enfermo en el hospital".

Marco se rió y dijo: "Soy arquitecto y siempre llevo casco cuando visito una obra", y Lucas añadió: "Soy ingeniero eléctrico y siempre mantengo una distancia de seguridad con las líneas eléctricas".

"Un top sexy", le dijo Marco a Lisa.

"Gracias, lo diseñé yo misma", respondió orgullosa.

La química era la correcta. Las miradas se hicieron más intensas, y se acercaron más.

"¿Y ahora qué?", preguntó Lucas con una sonrisa.

La noche aún era joven y nadie quería que terminara.

Juntos en la feria

La montaña rusa se elevaba por encima del recinto ferial. Marco y Lisa, Lucas y Ana subieron juntos. Los vagones eran estrechos y los asientos angostos.

"¿Listo?", preguntó Marco, mirando a los ojos azules de Lisa con una sonrisa.

Ella le agarró la mano. Llegó la primera curva, y la apretó más. Las fuerzas centrífugas hicieron el resto. Lisa se apoyó en Marco y Ana en Lucas.

La vía férrea recorría bucles y curvas. Gritos, risas, corazones palpitantes. La cercanía y la tensión entre las parejas aumentaban con cada metro.

Cuando salieron, sus manos seguían entrelazadas. La feria palpitaba a su alrededor: música, luces, tentaciones.

"¿Adónde vamos ahora?", preguntó Lucas.

La noche era joven, las posibilidades infinitas.

En el campo de tiro

Una caseta de tiro con premios de colores y luces parpadeantes. Marco y Lucas intercambiaron miradas significativas.

"Señoras, permítannos demostrarles cómo apuntar correctamente", alardeó Lucas con un brillo en los ojos.

Lisa y Ana soltaron una risita divertida.

"¡Vamos a ver lo que tenéis, chicos!"

Marco cogió el rifle de aire comprimido. Concentrado, apuntó al blanco. ¡Bang! ¡Golpe!

Era el turno de Lucas. Con la lengua entre los dientes, apuntó con cuidado. ¡Pum! ¡También acertó!

El dueño del puesto sonrió.

"¡Respeto, chicos! ¡Elegid vuestros premios!"

Sin dudarlo, ambos señalaron las rosas rojas.

"Para ti", dijo Marco con suavidad y le entregó la rosa a Lisa. Sus dedos se tocaron y un hormigueo la recorrió.

Lucas hizo lo mismo y galantemente le entregó la flor a Ana. "Una rosa por una rosa", susurró.

Las chicas se sonrojaron y sus ojos brillaron a la luz de las luces de la feria.

"Gracias", suspiró Lisa mientras se llevaba la rosa a la nariz. El dulce aroma se mezcló con el del algodón de azúcar y la excitación.

La tensión entre ellos era casi palpable. La velada se había vuelto muy romántica y ninguno de los cuatro quería que terminara.

Romance en la noria

El parque de atracciones había transformado la noche en un mar de luces. Las góndolas de la noria flotaban majestuosamente sobre el recinto ferial, con sus luces de colores parpadeando prometedoramente.

"¿Listo para volar alto?", preguntó Marco con un guiño.

Lisa asintió, con el corazón latiéndole más deprisa.

Subieron a una góndola, Marco y Lisa a una, Lucas y Ana a la siguiente. Lentamente, la rueda empezó a girar y dejaron atrás el suelo.

"Me dan un poco de miedo las alturas", confesó Lisa en voz baja.

Marco le cogió suavemente la mano.

"No te preocupes, estoy aquí."

A cada metro, veían más de la belleza nocturna de su ciudad. Un río brillaba a lo lejos, las luces de la ciudad se extendían bajo ellos como una alfombra centelleante.

Una vez arriba, la góndola se detuvo. El momento pareció congelarse.

"Lisa", susurró Marco. Ella se volvió hacia él, con los ojos brillantes bajo el resplandor de las luces.

Lentamente, casi a cámara lenta, sus rostros se acercaron. El corazón de Lisa se aceleró cuando sus labios por fin se encontraron. El beso fue tierno, lleno de promesas.

En la góndola vecina, Lucas y Ana vivieron su propio momento mágico. Lucas y Ana se sentaron muy juntos en su góndola.

La tensión se podía cortar con un cuchillo. Lucas se volvió hacia Ana y sus miradas se cruzaron. Lentamente, sus labios se acercaron.

El primer beso fue suave, tierno. El mundo a su alrededor se desdibujó, sólo importaba este momento.

Cuando la rueda volvió a ponerse en movimiento, las parejas estaban abrazadas. La ciudad giraba bajo ellos, pero para los amantes el mundo estaba quieto.

Cuando llegaron abajo, se bajaron cogidos de la mano. Las parejas se acercaron, todas con una sonrisa cómplice.

"¿Qué tal allí arriba?", preguntó Lucas con una sonrisa.

"Impresionante", respondió Marco sin apartar los ojos de Lisa.

La feria seguía palpitando a su alrededor, pero un nuevo y emocionante capítulo acababa de comenzar para los cuatro jóvenes.

Danza y pasión

La noche aún era joven cuando Marco y Lisa, Lucas y Ana descubrieron una cervecería al aire libre escondida entre árboles y una valla de madera al borde del parque de atracciones. Unas luces de colores se extendían por la pista de baile y los éxitos de las discotecas de los 80 llenaban el ambiente.

"¿Bailamos?", preguntó Marco al grupo y todos se mostraron a favor.

La música de éxitos sonaba por los altavoces. La pista de baile estaba llena de gente. Marco atrajo a Lisa hacia sí y sus cuerpos se menearon al ritmo de la música. Lucas y Ana bailan juntos, mirándose a los ojos.

Después de unas copas, el ambiente se volvió más exuberante. Las parejas se besaban entre las pausas del baile y el parque de atracciones a su alrededor se difuminaba.

"No puedo creer que nos hayamos encontrado por casualidad esta noche", susurró Lisa al oído de Marco.

Sonrió: "A veces el destino escribe las mejores historias".

La noche estuvo llena de promesas, pasión y momentos inesperados.

Despedida y promesa

La fiesta de baile de la feria seguía palpitando cuando los operarios empezaron a cerrar las casetas.

Marco, Lisa, Lucas y Ana sabían que la mágica velada estaba llegando a su fin.

"Tenemos que volver a vernos", le dijo Marco a Lisa.

Intercambiaron números de teléfono e inmediatamente crearon un grupo de WhatsApp llamado "Feria". De este modo, todos conocían los números de teléfono de los demás miembros y se aseguraban de poder mantenerse en contacto.

Los chicos acompañaron a las chicas hasta la salida del parque de atracciones. Fuera, Ana llamó a un taxi. Mientras esperaban, las parejas aprovecharon al máximo los últimos momentos. Besos calientes y apasionados se fundieron bajo las luces de colores del parque de atracciones casi vacío.

Llegó el taxi. Las parejas de recién enamorados se despidieron con la promesa de volver a verse, pero sólo durante unas horas.

Cuando Lisa y Ana llegaron a casa, no paraban de hablar maravillas de los hombres que habían conocido.

Lisa cogió su teléfono celular y escribió al grupo del parque de atracciones:

"¿Otra feria mañana?"

"¡Si!", respondieron todos simultáneamente.

Los mensajes iban y venían, llenos de expectación por la noche siguiente.

La noche había terminado, la historia de amor de las dos parejas no había hecho más que empezar.

Más libros del autor

Si te ha gustado esta historia romántica y cursi de feria de atracciones, seguro que te gustarán las demás historias cortas que ha ideado Ulrich Germania. Muchas de las historias hablan de encuentros románticos en lugares insólitos.

Nota de AI: Las siguientes historias se rigen por lo siguiente: Ulrich Germania ideó los personajes y el argumento, la IA escribió las historias, y luego fueron revisadas y mejoradas.

Feria de los Corazones
Cuento de amor cursi en un parque de atracciones. (este libro)

Médicos en la Feria
No es una novela médica, pero casi.

La Diosa del Amor en la Feria
Un parque de atracciones con un toque místico

Escrito sin ayuda de la IA:
Primero Venganza, luego la Novia
Historia cursi del Salvaje Oeste

Ulrich Germania
MÉDICOS
en la
FERIA

Ulrich Germania
LA DIOSA
del AMOR
EN LA FERIA

PRIMERO VENGANZA
LUEGO LA NOVIA
Ulrich Germania